Certifié PEFC

Ce produit est issu de forêts gérées durablement et de sources contrôlées.

PEFC 10-31-1093

pefc-france.org

ISBN 978-2-7002-4594-3

Loi n° 49-956 du 16-07-1949 sur les publications destinées à la jeunesse.

L'école d'Agathe

Pakita | J.-P. Chabot

Camille voudrait être une star

RAGEOT

Vous connaissez Camille ?

Camille est la plus **bavarde** de toute la classe et peut-être même de toute l'école !

La maîtresse dit toujours :

– Camille, tu es un vrai moulin à paroles.

C'est sûr, elle **parle** tout le temps !

Et pendant qu'on lui **parle,** elle **parle** encore !

Camille ne ferme **jamais** la bouche, alors forcément, elle ne sait pas garder un **secret !**

Même que des fois, pour s'amuser, on lui raconte des bêtises pour qu'elle les **répète !**

Un jour, avec Zizette, on lui a dit :

– Samedi, on a vu la maîtresse en train de faire du roller avec le directeur !

À la fin de la récré, toute la classe ne **parlait** que de ça !

L'autre matin, je jouais avec Léa quand Camille est arrivée.

– Les filles ! J'ai trop envie de vous **raconter** un truc, mais c'est un **secret.** Je n'ai pas le droit de le dire ! Je ne le dis qu'à vous, mais **chut,** hein ?

On lui a répondu :

Bras croisés,
bouche fermée,

je promets
que je me tais

et je crie Top Secret !!

Alors elle a continué :

– Dans le journal, ils annoncent qu'un **film** va être tourné ici. Le **réalisateur** cherche une fille de notre âge pour **jouer** dedans ! Il faut être à la **salle des fêtes** mercredi prochain. Des gens vont nous **filmer** et choisir l'une d'entre nous ! Ça s'appelle un **casting.**

Évidemment, Camille a raconté son **secret** à toutes les filles de la classe. On était tellement excitées que, dans la cour, on criait :

– Je vais être choisie !

– On verra ma photo partout !

– La *star*, ce sera moi, na na na nère euh !

Du coup, Camille s'est mise à pleurer.

– C'est **horrible !** J'avais juré à ma grande sœur de ne rien vous répéter. Elle dit que plus on sera nombreuses à la salle des fêtes, moins j'aurai de chances d'être une *star !*

– On lui dira qu'on a toutes lu le journal et puis voilà ! a répondu Audrey.

À la récré, on a commencé à se préparer pour le **casting.**

– C'est sûr, il va falloir apprendre un rôle !

– Peut-être même qu'il faudra chanter !

– Ou danser !

– Ou faire des acrobaties !

– Ou embrasser un garçon sur la bouche !

– Peut-être
qu'ils cherchent
des filles très jolies !

– Ou très moches et
qui font des grimaces !

– Peut-être
que c'est une histoire
de monstres horribles !

– Ou une histoire triste
où tu dois pleurer
tout le temps !

– Je n'aimerais
pas ça, moi !

– Bon ! Pour être une *star,* il faut s'exercer ! a dit Camille. Et comme c'est mon **secret** à moi, c'est moi qui décide ! On va **répéter** pendant les récrés.

Vendredi, on **danse.**

Samedi, on **chante.**

Lundi, on **joue des rôles.**

Et **mardi,** on **se maquille.**

– OK Camille ! on a répondu.

Vendredi, tout s'est bien passé. On a fait des **chorégraphies** comme à la télévision en criant : 1-2-3-4… parce qu'on n'avait pas de musique.

Camille **sautait** dans tous les sens, elle nous **bousculait** et, quand on lui disait d'arrêter, elle répondait :

– Je fais ce que je veux. C'est moi qui ai les idées !

Samedi, on s'est installées entre filles derrière le préau pour être tranquilles. J'avais apporté mon micro.

On a **chanté** chacune une chanson : une vraie chanson comme à la télé !

Camille voulait toujours que ce soit son tour. Elle a **chanté** au moins trois chansons.

En plus, elle nous donnait des conseils et elle **parlait** tout le temps pendant qu'on **chantait.** Elle a dit à Marine :

– Si tu chantes l'amour, ferme les yeux, c'est mieux !

Et elle m'a dit :

– Agathe, je trouve que tu as un peu trop une voix de bébé !

Elle m'a **énervée !**

Lundi, Camille a recommencé :

– J'ai inventé une histoire alors c'est moi qui distribue les rôles. Zizette, tu es une **horrible** sorcière, Audrey, une **affreuse** belle-mère, Chloé, une fille **très moche** jalouse de moi, Léa, Zoé, Agathe, vous êtes des **voleuses** d'enfants. Les autres, vous êtes des **méchants.** Moi je suis la **star très jolie** et tout le monde veut me…

Camille n'a pas fini sa phrase. On a crié :

– **Ça ne va pas la tête ? Elle est nulle ton histoire ! Tu te prends pour qui ?**

Résultat, Camille s'est fâchée et elle a hurlé :

– **Puisque c'est comme ça, on s'exerce chacune de son côté !**

Louise a déclaré :

– De toute façon, mercredi, il n'y en a qu'une qui sera **choisie !**

Et Coralie a ajouté :

– Un **casting,** ce n'est pas un jeu. Moi je veux vraiment devenir une *star*. J'achèterai des robes magnifiques et des feutres paillettes pour signer des autographes. Je serai tellement **connue** que je n'aurai même plus le temps d'aller à l'école !

– On a compris, a crié Audrey, puisque c'est comme ça, chacune son camp !

Et on s'est séparées.

C'était **horrible !**

Déjà que les garçons ne nous parlaient plus parce qu'ils nous trouvaient bêtes avec toutes nos histoires de **casting.** Et maintenant on était **fâchées entre filles !**

Mardi, c'était encore pire ! On ne s'est rien dit. Chacune répétait dans son coin.

Coralie s'était **maquillée** et elle marchait comme un **mannequin.**

Zoé s'exerçait à faire de la **gymnastique.**

Zizette essayait de bien voir **sans ses lunettes.**

Moi, je n'ai **rien fait**. Au fond de mon cœur, je n'avais plus du tout envie d'être actrice.

Je préférais garder **mes amies.**

Mercredi matin, on était toutes là devant la **salle des fêtes** ! On était tellement bien habillées qu'on aurait cru un mariage. Coralie avait même du rouge à lèvres !

On s'observait quand soudain un car est arrivé plein de filles qu'on ne connaissait pas.

Camille a crié très en colère :

– D'où viennent ces grandes qui veulent voler notre **rôle ?**

Une fille du car lui a répondu :

– De toute façon, ils ne voudront jamais de petites comme toi !

Quoi ? Cette fille osait se moquer de Camille ? On s'est retournées vers elle et on lui a fait une **horrible méga grimace** avec langue tirée et doigts crochus ! Puis on s'est regardées et on a toutes rigolé.

C'était super !

Avec Léa et Zizette, on a commencé à se reparler. Coralie s'est approchée de nous, Audrey et Kim aussi.

À ce moment, un monsieur a annoncé :

– L'équipe du **film** a raté le train et le **casting** est reporté.

– Hourra ! On peut redevenir meilleures copines ! j'ai crié.

Et on a toutes applaudi !

Soudain, Camille a dit :

– Je viens d'avoir une super idée mais attention, c'est un **secret !**

– **Un secret qu'il ne faut pas répéter** ou **un secret qu'il faut répéter ?** on lui a demandé.

Camille a ri et on s'est toutes embrassées !

Oh là là! Il est tard! Mais l'idée de Camille est trop super!

Elle a écrit une lettre au **réalisateur** pour lui demander d'inventer un **film** où on jouera **toutes ensemble,** et aussi avec les garçons!

Pourvu qu'il soit d'accord!

Allez, vite au lit! Bonne nuit!!!

L'auteur

Pakita aime tous les enfants ! Les petits, les gros, les grands, avec des yeux bleus, verts ou jaunes, avec la peau noire, rouge, orange, qui marchent ou qui roulent, et même ceux qui bêtisent !
Pour eux, elle se transforme en fée rousse à lunettes, elle joue, elle chante, elle écrit des histoires et des chansons pour les CD, les livres ou pour le dessin animé.

L'illustrateur

Jean-Philippe Chabot est né à Chartres en 1966. Avant d'entrer à l'école il dessinait déjà. À l'école, il dessinait encore. Puis il a choisi de faire des études de... dessin. Et maintenant, son travail c'est illustrer des albums et des romans.
Il est très heureux de dessiner tous les jours et parfois même la nuit mais toujours en musique.

L'école d'Agathe

32 pages - 5,20 €

n° 1

n° 2

n° 3

n° 4

n° 5

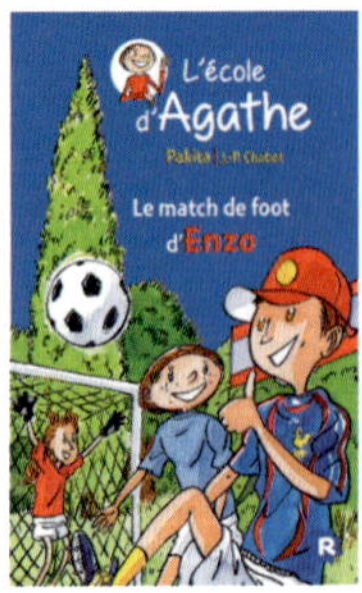

n° 6

n° 7

n° 8

n° 9

n° 10

n° 13

n° 14

64 pages - 7,10 €

n° 11

n° 12

L'école
d'Agathe

Toute la série
L'école d'Agathe
sur www.rageot.fr

PAPIER À BASE DE FIBRES CERTIFIÉES

RAGEOT s'engage pour l'environnement en réduisant l'empreinte carbone de ses livres.
Celle de cet exemplaire est de :
186 g éq. CO_2
Rendez-vous sur
www.rageot-durable.fr

Achevé d'imprimer en France en décembre 2013
par I.M.E. – 25110 Baume-les-Dames
Dépôt légal : janvier 2014
N° d'édition : 5984 - 01